今、バラを摘め
文貞姫詩集

韓成禮 訳

思潮社

今、バラを摘め　文貞姫詩集

韓成禮　訳

思潮社

目次

IV

装幀＝思潮社装幀室

今、バラを摘め

文貞姫詩集　韓国現代詩人シリーズ④

詩人の言葉

花よ、あなたも嘘をつくのね
昨日のあの姿は何だったの?
愛している、と言ったその赤い唇と香り
今日はすべて消えてなくなった
花よ、それでもまたおいで
偽りの愛よ

＊　＊　＊

これらの詩篇は
跡形も残らぬ時間の中で

一人で忍び泣きながら
黄金の時間を砕いて練り上げた
私の悲しみ
私の宝石である

どの大地にも、いつの時代にもない
たった一つの
熱く、新しい命であるように……

二〇一六年春

I

雪を眺めながら

雪は空から降ってくるのではなく
空より
はるか遠いところから降ってくる

この世に生まれる以前
私たちの揺れていた所

空いたブランコだけがぶら下がっている
故郷から降ってくる

初雪に乱れるあなたの髪の毛を

うれしく思うのは
そのためだ

ある一つの生涯に戻ってくる声なのだ

私たちの好奇心
私たちの沈黙の届かない所

それほど遠い所から
雪は駆けてきて
初めて一片の色となる

幽霊

I

私は毎晩胴体だけが残る

舅は私の手を切り取っていき
姑は私の目をえぐり取っていき
小姑は私の言葉を奪い取っていき
夫は私の翼を
そしてまた誰かが私の頭を持って
逃げてしまい
一つずつまたくっつけて幽霊になる

ゴマの匂いのする*
胴体一つだけが残り
私は一晩中死んでいる

そして朝になると再び立ち上がり
私は一日、幽霊になる
誰なのかも分からない
頭を持って逃げたあの人のせいだ

2

人はなぜ夜にさらに思いがはっきりするのか
私はまた横になって千里を行く
死んだ私の頭には金冠をかぶせ
もう一つの頭には翼もつけ

もう一つの頭には瓦の家をも建て
もう一つの頭には王子の来る道も見えるようにして
もう一つの頭には笛もぶら下げ
冷や水も汲んで、蛇も飼い

こうして頭は千里を行き
魚の骨も届かぬ水深千里を千里行き
夜になれば悲しげな胴体だけが残る
胴体だけ真っ赤に残って寝返りを打つ

＊ゴマの匂いのする＝韓国で「新婚ほやほや」の意味として使う表現。（訳注）

鳥の群れ

流れるものは川の水だけではない
血も流れて天に昇り
落ち葉も流れて天に昇る
どこから流れてくるのかも分からぬように
煌く道となって
去っていく

最後まで眠らぬ時間を
すこしずつ顔につけて
光となって咆哮しながら
昇る愛よ

それに従い　私たちもみな流れて
泣く理由もなく
天に、天に昇っていくのだ

冬の日記

私はこの冬、横になって過ごした
愛する人を失って
念珠のようにつやの出るほど転がした
独白も終わり
風も吹かなかったので
この冬、横になって楽に過ごした

あの野原では素っ裸の木々が
寒さに泣いても
互いに寄りかかって森になっても
私とは関係ないから

扉を一度も開けず
反芻動物のように死だけを口に戻してまた噛んだ
私はうつ伏せになって過ごした
愛する人を失った
この冬

他国にて

友よ
私は今返事が書けない

国を去るときに
国の言葉も共にそこに置いてきたから

ぴんぴんと跳ね回る言葉は
危ないから
小部屋の奥深くに入れて錠を閉め

方々をさすらって

泡になったものだけを
気楽な友たちに残しておいた

友よ
だから今は返事が書けない

日が昇り
鳥が飛ぶ
ここでも

私の言葉はすべてそこにあるのだから

孤独

あなたは知っているのかしら

独りで流れてきて
独りで崩れる
鐘の音のように

全身が壊れても
跡さえ残らぬこの真昼を

泣くこともできない波のように
その深さに生きて

独りで歩くこの荒野を
雨が降らなくても
雨に降られて骨の凍りつく
氷の稲妻を
あなたは本当に知っているのかしら

宝石の歌

触らないでください
これは私の悲しみです
長い間息を殺して泣き
黄金の時間を潰して作った
これはひとえに私のものです

しびれるほど眩しい光彩
誰も知らない
果たして星のようでもある
このきらめく悲しみの側に
誰も近寄らないでください

私はすでに深い悲しみに慣れて
もう彼がいなくては
そうです
私は宝石でもなんでもありません

食器を拭きながら

食器を拭く

この食器を私がこうして
一千回拭いて
これがもし
白磁になるのなら
私は一万回でも拭くだろう

しかし
一千回拭いても食器は食器
日常ばかり洗い出す食器を拭きながら

私は若い血をたぎらせている
後に私が死んで墓に入っても
墓の土がこの炎を覆うことができようか

黄眞伊*の詩《うた》　1

私は風のようです

垣根も高い御殿の中は
扉も多いけれど
扉すべてを開け放ちたいのです

触れるものすべてを
揺らしたいのです

品のある多くの星たちを
みな摑み取りたいのです

いや、そうではありません

小さな日差しにも恥らう顔
草花のような
愛一つで

高い壁に全身をぶつけて
散り失せたいのです

＊黄眞伊（ファン・ジニ）＝生没年未詳。一六世紀に生存した芸妓。並外れた美貌と群を抜いた知性、そして踊り手として有名。朝鮮時代の最高の女流詩人でもある。（訳注）

手紙

故郷で独り死に向き合う七十八歳の母へ

一つだけ愛して
すべて捨ててください

その一つ
それは生ではなく
約束です

独りで行くけれども
みな同じ場所に行きます
それは楽しい約束です。母さん

すこし先に来た母さんは
すこし先にそこに行き

すこし後に来た私たちは
すこし後でそこに行きます

約束もなく生まれた私たち
約束一つを守って行くこと
それは本当に寂しくなどないことなのです

母さん、泣かないで

あなたは良い落ち葉でした

幼い愛へ

コンジュンとカオン*へ

野の草葉の刀が
お前たちの指に傷をつければ
私の肌の奥から血が流れ

葦原の南風が
お前たちの心を揺さぶれば
私の胸の奥に雷が鳴る

ああ、
私一人では
絶対に生きては行けなかった

お前たちがいて
私の命が輝く

この苦痛で盲目の絆を
あの星は知っているだろう

＊コンジュンとカオン＝作者の子供たちの名前。（訳注）

雨の愛

体中の骨を抜いてしまいたい
水になりたい
水よりもっと柔らかな香りで
そのまま染み込んでしまいたい

あなたの暗闇の根
トゲの先の先まで
濡らしたい

あなたの眠りの中に
抱かれて

地上のものを
清く洗い出したい
芽を吹かせたい

吸血鬼

私は吸血鬼を見たことがない
でも吸血鬼と暮らしている

幼い頃、光州*チョンイル劇場で見た
恐ろしいドラキュラが彼なのか

他人の血を吸って自分の命を延ばし
他人の肉にめり込んで生きていく真っ赤な歯

髪の毛が白み
毎夕ふざけ合う落日の陰に

彼のしっぽが一瞬映るだけ

私の目には見えない
吸血鬼とくっ付いて
毎晩ジジジッと電気を起こす

彼に血を吸われれば
私はめまいがして
いつも白い灰になる

放して！　吸血鬼よ
天地四方の扉をたたけば
必ずそこに待っている
吸血鬼の目

どんなお札を身につけるべきか

どんなふうに泣くべきか
骨まで捧げてしまおうか
火に燃えてしまおうか

吸血鬼よ
吸血鬼よ

ヒッヒッヒッ！　私はあなたの吸血鬼

＊光州（クァンジュ）＝韓国の南西部に位置する都市。昔は全羅南道の道庁所在地であったが、今は大都市を指す六つの広域市の一つ。（訳注）

ノイバラの花

夢うつつのごとく
緑の流れるこの季節に
恋しい胸をそっと開き
一本の
ノイバラの木となって立っていたい

愛したあの人
もう少し近寄ったなら
互いに花となったはずの名
今日は
一輪一輪、白いノイバラの花に咲き

長い旅から戻って
露を払うように思い出を払い
緑の中にくまなく立っていたい

あなたを愛した頃
私は泣く日が多かった

痛みがうねって
いつも言葉を失っていった

今日はその痛みさえ
きれいで鋭いトゲにして
花の中にぶら下げ
悲しまず
夢うつつのごとく

緑の流れるこの季節に
生い茂った愛となって立っていたい

息子へ

息子よ
お前と私の間には
神様がお一人住んでいらっしゃるようだ

どうして私はお前を呼ぶたびに
このように切実になり
お前の後姿に向かって
いつも祈るのか

お前が幼かった頃は
私たちの間にはただ

とても小さくて幼い神様がいらっしゃって
一粒ほどの愛にも
宇宙が溶け込んだりしたのだが

今はながめるだけでも
遥かに背の高い若き愛よ

お前と私の間には
とある神様がお一人住んでいらっしゃって
こんなに長い川が果てしなく流れるのか

爪

沈む夕陽に向かって座り
八十路の母の爪を切る

早くも白い半月が昇る
母の爪を切ると
世の風の音も
すべて切られて出ていく

ひょっとしたらこの辺りで
半月の片方はこの世に落ち
もう片方は母に従って

天に昇るのかもしれない

刻一刻と川の水は深まっていくが
今、小さな獣のように
寂しそうな母の背中
銀の鱗のように柔らかな母の爪が咲かせる
あの遠い国の花は
どんな色だろうか

どんな花が母の花畑に咲いて
日毎に彼女の与える水で
私のように胸を濡らすのだろうか

揺れながら、揺れながら
八十路の母の爪を切る

小さな台所の歌

台所には
いつも酒の発酵する匂いがする
ある女の若さが磨り減る匂い
ある女の悲しみが
なべ料理を作り
ある女の愛慕が
味付けをする匂い
台所では
いつもパチパチと何かが
燃える音がする
天地が開いて以来

同じ空の下に立った二人のうち
一人は大部屋で大法螺をふき
もう一人は
終身同衾契約者、片目の下女として
台所に立って
熱いロウを自分の足の甲に注ぐ音
台所にはある女の血の腐った
氷酢酸の匂いがする
ところでいつからか知らないが
ロウソクの火のように
自分を燃やし、あなたを明るくする
その業の青い首すじに
身の毛もよだつ麻姑婆*のまな板の音が
はっきりと聞こえる

はにかんでいた嫁が一人で

殻を脱ぐ音が聞こえてくる
我が家の台所からは……

＊麻姑婆＝この世の地形を形成する地母神のような女性の巨人。地域によって違う名で呼ばれ、性格や説話も地域ごとに異なる。また、女性の出産を助ける神仙であるという話も伝わる。（訳注）

II

四十歳の詩

数字は詩よりも正直だった
四十歳になると
三十九歳だった昨日まで
ぴんと張っていた天のような首が
急に絹綿のように
だらりと垂れたり

黄菊の花びらの撒かれた
葬儀に行って
黒い写真の枠の中に
故人の代わりに私を入れて
延々と自分のことを泣いて帰ったり

意地を張る気もないのに意地を張ったり
怖くもないのに怖がったり、卑怯にも
新たな恋を始めるよりは
新たな忘却を始めたり

四十歳になると
どうしてこうなのか

これまで彷徨っていた
世界の灰色という灰色が
すべて私のところにやって来て
どこかに電話をかけて
新しい服を予約したり
ああ、数字が私の気持ちを枯れ草のように
がくっと折ってしまったのだ

別れたその後

君と別れて
世の中の暦では十日が経ち
私の血の暦では十年が経った

私が悲しいのは
君がいなくても
夜になれば眠らねばならず
食事の時間になれば
口いっぱいにご飯を詰め込まねばならないことだ

昔々の

あの人間に戻っていき
ただそうして君のことを忘れるのだ

この苦しみのままなら
それで息が詰まって私が死んだら
それ以上望むこともないだろう

ただ
私が本当に悲しいのは

いずれ君と私が
この熱さをすっかり
忘れてしまうことだ

オッパ*

これから世の中の男たちを
みんなオッパと呼ぶことにした

家族の中で小遣いを一番たくさんもらい
遺産も丸ごと自分のものにした
我が家の息子たちだけがオッパではない

オッパ！
この竦みあがるほど爽やかで心強い名前で
これからすべての男たちを
やさしく呼んであげることにした

オッパという言葉を一発食らわせば
男ならみんな軽々と崩れてしまうだろう
花になってしまうだろう

やっと水霧も晴れ
道も空も見えてきた
不惑を記念して
世の中の男たちは
これからみんな私のオッパになる

私を惑わすあの荒い息
自慢げに口笛を吹いてくれたその献身を
どうしてオッパと呼んであげずにいられるだろう

オッパと呼ばれたくてやきもきしている

その気持ちを
どうして山菜を採るように採ってあげずにいられるだろう

オッパ！　と呼んであげれば
世の中のすべての獣が消えて
喘ぎが消えて

むしろ分厚い財布を持ってきて
高級な靴を買ってやりたくて胸を騒がす
オッパたちが四方にいるのを
私、今更のようにやっと悟ったのだ

＊オッパ＝韓国で年上の男性を呼ぶ呼称。家族の兄だけでなく、恋人、先輩などにもよく使う。主に親しい関係で使われる。（訳注）

中年女性の歌

春でも秋でもない
不思議な季節が来た

ずい分高いハイヒールを履いても物足りず
鼻まで高くして歩き回ったが

低くて歩きやすい靴を一足
適当に取り出して履いても
世の中の半分ぐらいは見える季節が来た

おしゃれな服も華やかなアクセサリーもすべて面倒で

息苦しく胸を締めつけた想いも意気地も
すべて脱ぎ捨て
ノーブラになった胸が
東海に向かって揺れようが揺れまいが
見ている人がいなくて気楽な季節が来た

口を開けば息子の話や神経痛の話が
果実よりもさらに大きく落ち葉よりもさらに紅く
茂ってゆく
肥えてこの上なき季節が来た

私は悪い詩人

私はどうやら悪い詩人のようだ
民衆詩人のＫはヨーロッパを巡りながら
噴水や彫刻や城壁の前で
貴族に搾取された労働者を想って
血の煮えたぎる怒りを覚えたと言うのに

正直に言うと
私はヨーロッパを巡りながら
ひたすら愛だけを考えていたの
命の美しさと空しさ
時の流れですべての愛が変わってしまうことに

喉が詰まったの

トレヴィの泉に小銭を投げながら
涙を流した
美しい彫刻と噴水と城壁を眺めながら
ずっとその中に溺れていたかった

私はどうやら悪い詩人のようだ
ゴンドラを漕ぐ男にすっかり惚れて
夜通し彼を彫刻の中に閉じ込めようと
身を震わせたの

腐敗した中世貴族が残した
遺跡に息が詰まった
その美しさの中で
死にたかった

さようなら、蝶よ

アパートの影に
落ちて倒れた蝶を見る

美しい蝶
黄色い羽で青い空を
思いっきり抱きしめようとした夢
何の罪もなく腐っていく姿を見る

どれだけ足掻いたのか
もし金色の羽が腐ってしまったら
君と私の恋が腐ってしまったらと

どれだけ苦しんだか

けれども愛しい蝶よ
腐るということは実に美しい
すっかり腐って土に還るのは眩いことだ

あの冷たいビニールの一片のように
悲しくてひやっとするプラスチックのように
永遠に腐らない魔法にかかり
有毒の廃棄物となって地上に転がるようでは
あまりにも恐ろしいではないか

暖かい日差しの下
いつかは腐る身で
生まれたことは
やはり良いことだ

さようなら、蝶よ
生きては熱い血で愛し
ある日跡形もなく消え去れるというのは
やはり胸の熱くなる祝福だろう

裸の詩《うた》

私の肉体の夢

寒い冬の日も
冷めることなくよく回る私の血のように
私が温かい人だったら
この肌のように私が柔らかな人だったら
この骨のように私が真っ直ぐで丈夫な人だったら
それだったら今、美しい大人として
生きている大地に謙虚に戻してあげるのに
その前にもう一度だけ、夢の中でも恋しい
あなたの血と肉と骨に出会って
ガラガラと地のすべてが崩れるような
生涯の恋に陥りたい

窓を拭きながら

誰かが懐かしい日は
窓を拭く

窓には空の下
最もまぶしいガラスが塡められていて

一千度の火で夢を焼かれ
一万度の熱さで魂を燃やして作った
ガラスが塡められていて

松風よりも青々しく

鐘の音よりも隠隠たる
歌が浮かんでくる

全身で受け入れるけれど
自分は影さえ見せない
いつまでも忘れられない
愛がひとつ生きている

誰かが懐かしい日は
窓を拭き

澄み透った日差しに
懐かしさを乾かす

私の愛は

世の中で最も純粋で
最も静かに訪れるのが
愛であるならば
私はあなたを愛したのではない

私はあなたと戦争をした
私の愛する人はいつも静かに
純粋な呼吸で訪れたことはなく
台風だったり
悪魔をつれて来たから

私はその日から
昼が真っ黒になる
熱い熱病になって倒れていた
あらゆる武器をすべて取り出して
あなたを征服しようと
血まみれになってしまった

世の中の人たちは愛すると
持っている物すべてをあげて
軽く全身でよりかかったりもするというが

私の愛は
ぴんと張った弓弦のように
いつもあなたを倒すため
息詰まるほど照準を合わせつつ夜を明かした
無数の障害を乗り越えて

生涯をかけた激しい戦争をした

傷は大きく
私は不具になり
たった一度の参戦で
永遠にあなたの目の中に閉じ込められた
一羽の捕われた鳥になってしまった

草の道

二月の山に登れば
とるに足らない私たちが
じっとその場に立っているだけでも
どれだけ大きな力を持っているのかが分かる

まばらな雑木の間
岩の合間ごとに山彦が息をして
過ぎ去った寒さに真っ黒に焼けた火山灰のような
土を押しのけ
瑞々しい春が生き返る
二月の山に登れば

とるに足らない存在の私たちが
じっとその場に立っているだけでも
どれだけ凄まじい力を持っているのかが分かる
眩しい新緑の主であることが分かる

寒渓嶺*のための恋歌

真冬に、忘れ得ぬ人と
寒渓嶺を越えつつ
思いもしなかった大雪に出遭いたい
ニュースは争って数十年ぶりの豊饒を知らせ
自動車は蛇行して
各々の目的地を探しに行こうと騒がしいのだが
寒渓嶺の限界には勝てない振りをして喜んで縛られたい

ああ、まばゆい孤立
四方一面、白いものだらけの童話の国に
足だけでなく運命も縛られたなら

やがて日が暮れると豊饒は
少しずつ恐怖に変わり、現実は
恐れの色を帯び始めるのだが
ヘリコプターが現われた時にも
私は決して手を振るまい
ヘリコプターが雪の中に閉じこめられた野鳥たちと
獣たちのために満遍なく餌を撒く時にも……

ぴんぴんした若い心臓に向かって
黒い砲弾を乱射したヘリコプターが
キバノロやキジたちの日用の糧のために
慈悲深く満遍なく餌を撒く時にも
私は決して裾を見せまい

美しい寒渓嶺に喜んで縛られ

生まれて初めての刹那の祝福に身の置き場がない

＊寒渓嶺（ハンゲリョン）＝韓国の江原道にある峠道で麟蹄郡・麒麟面と襄陽郡との境界。韓国の嶺東地域と嶺西地域を分ける境となる。昔は嶺東地方の住民が首都のソウルに行くためには必ずこの寒渓嶺を越えなければならなかった。韓国の名山の一つの雪嶽山（ソラッサン）をふくむ美しい風景が有名だ。韓国語で限界（ハンゲ）と発音が同じ。（訳注）

一輪の花

去年　土の中に埋めておいた
黒いあの花の種はどこへ消えてしまったのか

そこに種の代わりに
一輪の花が咲き

一日中
ちりんちりんと
鐘を鳴らす

男のために

男は
娘を産んで父親になり
初めて自分の中でうなっていた獣と
決別する
娘の下半身を見て
神の出てくる道を知る
赤ん坊の出てくるところが
まさに神の出てくるところだと気づき
ふと恥ずかしくて顔を赤らめる
娘の頬にキスして
自分のヒゲが時には毒のトゲだったことも知る

男は
娘を産んで父親になり
初めて自分の中でうなっていた獣と
和解する
美しい大人になる

再び男のために

最近はどうして男らしい男に会えないのだろう
生き生きと身もだえしつつ
雷魚のように体を投げてくる
巨大な波に……

秘かに隠れて動く
黄ばんで惰弱な雑輩だけ
気を引けるかとうろつく、みすぼらしい雑種だけ
眩い野生馬には出会えない

女権運動家たちのしたことで

最も大きな過ちは
まさに世の中から
素敵な雑輩たちを追い出してしまったことではなかろうか
言い訳じみた言い方をすれば産業社会のせいなのか
彼らの輝く歯を抜き取り
彼らの荒い髪の毛を間引きし
彼らの足に制止の金輪を
はめたのは誰なのか

それはとても悲しいこと
女たちは誰もが心の奥深く
野生の男と出会いたがっている
渇きをいやすように浮気者に巻き込まれ
一生を投げてしまいたがっている
アントニウス　カエサル　そして
安禄山に敗れた玄宗を見よ

それだけではない、ナポレオンあなたはなんて素敵で、さらに
ドン・ファン、卞学道、* その果てのない食欲を
女たちがどれほど愛しているか知っているの？

ところがどうしたことか。この頃は
卑怯にもスカートの中に手を差し込む
擦れてずるいチンピラは多いが

炎を探しに砂漠の中を彷徨いながら
黒い眉毛を焦がす
真に素敵で堂々とした雑輩は
絶滅の危機に瀕している

＊卞学道（ビョン・ハクド）＝韓国の朝鮮時代の小説『春香（チュンヒャン）伝』の登場人物。無能で腐敗した貪官汚吏の代表的な人物。南原府使の官職につき、春香に御とぎを務め

させたが、酒色にふけって政事を顧みなかった。誕生祝いの日、特命監察官の暗行御史になった春香の恋人である李夢龍（イ・モンリョン）の登場によって罷免される。（訳注）

通行税

私の出会ったすべてのバラには
トゲがあった
餌をくわえてみればそこにはまた
間違いなく釣り針が入っていた
安楽で楽しい我が家には
墓もまた入ってきていた
家族たちと分け合った食べ物の中にも
日々が静かに消えていく
恐ろしい毒が混ざっていた
愛も深く入ってみれば
獣が暴れていた

トゲに刺され
釣り針を口にくわえてばたつきながらの
私の道
それでも私は詩を何篇か
通行税として捧げたい

ラブホテル

私の体の中にラブホテルがある
私はそのホテルによく出入りする
相手のことは聞かないで
しきりに替わるかもしれないから
私の体の中に教会がある
私は一日に何度も教会に入って祈る
時々泣いたりもする
私の体の中に詩人がいる
常に詩を書いている　でも気に入るものは
滅多にない
今日の講演で、ある著名な教授が言った

最近この国で一番多いものを三つ挙げれば
ラブホテルと教会と詩人だと
私の全身がぶるぶると震えた
ラブホテルと教会と詩人が一番多いところは
まさに私の体の中だったから
ラブホテルには真の愛があるだろうか
教会と詩人の中に真の夢や詩《うた》があるだろうか
そう思うと、私の体の中にラブホテルがあるのは
教会が多くて、詩人が多いのは
本当に悲しい話である
訪れるはずのない愛を渇望しながら
私は今日もラブホテルに入る

髪を洗う女

秋の来る前に
ポポラ*に行こうか
すべての岩に太陽の顔を刻み
日差しを浴びただけでも血が踊るマヤの女になって
黒い髪を長く結んで垂らし
授かったら果てしなく子供を生んでみようか
豊かな多産の女たちが
緑の密林の中で罪のない千年の大地になる
ポポラに行って
椰子の葉に石をのせてねぐらを構え
私も毎晩どんどん子供をみごもり

毎年ぽんぽん子供を生もう

黒い下水溝に沿って
コンドームや鑑別されて堕ろされた胎児たちと
摘み出された子宮が群れをなして流されていく
物騒な都市
皆が不吉な武器を隠して揺れている
この巨大な奴隷船を去り
秋の来る前に
ポポラに行こうか
そして、一番初めに飼葉桶に雨水を受けて
いつまでもいつまでも髪を洗い
濡れた髪でそのまま
千年の青い自然になろうか

＊ポポラ＝メキシコのメリダ密林の中の小さな村の名前。（原注）

背の高い男に会えば

背の高い男に会えば
そっと腕を組みたくなる
幼い日、兄の腕にすがったように
そうすがりたくなる
朝顔になってもいいか
いや、風に翻る
ヤマナラシの木に登って
彼の眉を撫でてみたい
美しい虫のようにうごめく
彼の眉に
一つの葉になりすがり付いて

青空を少しずつかじって食べたい
蚕のように長い眠りに入りたい
背の高い男に会えば

紫の夏ズボン

夏が過ぎた涼しい初秋の日
風のすうすう吹き込む
紫の夏ズボンを一着買って家路につけば
もう後悔が冷たい風のようにすうすうと
骨まで染みてくる

どうして私はいつもやった後で気づくのだろう
触った後でなければどうして熱いと分からないのか
どうしていつも火傷をするのだろう
人はすでに冬の準備を始めているのに
夏の名残りに胸を焦がし
愛の去った後で恋に落ち

どうして一生胸をたたいて生きるのだろう

私の脚より遥かに長いズボンの丈を詰め
自分の愚かさを鋏で切りながら
努めて温かな息、吹き込んでみる

誰もが定まった軌道を行くわけではない
突発と偶然が人生でもある
しかし、ある秋の一日が
再び熱い愛に変わるのだろうか
この紫のズボンのために

膝の下まで白い星がぎっしり散りばめられた
紫の夏ズボンをはいて立ち上がり
一人で落ち葉の散る音を聞く
すうすう這うように吹き込む冷たい風の音を聞く

乳房

上着をすべて脱がされて
素肌で冷たい機械を抱きしめる
へこんでいく乳首の中に
恐怖がエーテルの強い臭いとなって入り込む
敗残兵のように両手を上げて
明るい月の中に黒点を探し
乳ガンのレントゲンを撮る
思春期の頃からレースの布に
しっかりと包んできた乳房
誰にでもあるのにいつも
女のものが問題になって

まるで恥ずかしい果物でもぶら下がっているように
深く隠してきた乳房
母がこれで
知恵と愛を口に入れてくれたように
世界の子供たちを育んだ肥沃なる大自然の丘陵
幸い私にも二つもあって嬉しいけれど
長い間、本当は私のものではなかった
愛する男のものだったし
また赤ん坊のものだったから
しかし私は今、上着をすべて脱がされて
素肌で冷たい機械を抱きしめて立ち
この乳房が私のものであることをひしひしと感じている
明るい月の中に黒点を探す
だらりと垂れた哀しい乳房を撮りながら

あんなに大勢の女学生たちはどこへ行ったのか

学生時代は成績も優秀で
特別活動も優れていた彼女
女子高を卒業し、大学入試も難なく
合格したのに今はどこへ行ったのか

イモ汁でも煮込んでいるのだろうか
牛骨を鍋に入れて三時間、ガスレンジの前で
熱い湯気を浴びながらイモ汁を煮込み
帰宅した夫がそれを十五分で美味しそうに
食べ尽くすのを幸せそうに見つめているのだろうか
それとも未だに入社願書を抱えて

寒い街を彷徨っているのだろうか
党の立候補者を選出する体育館で
韓服*姿でリボンをつけてあげたり
花束贈呈をしたりしているのだろうか
幸い就職できて大きな事務所の片隅で
親切に電話も取り
たまにはお茶も出すのだろう
医者の奥さん、教授の夫人、看護婦などにもなったのだろう
文化センターで歌でも習っているかも知れない
そして夫の帰宅する前に
あわてて家に帰るのかも

あんなに大勢の女学生たちはどこへ行ったのか
あの高いビルの森、国会議員にも大臣にも医者にも
教授にも事業家にも会社員にもなれずに
犬の餌の中のどんぐり*のようにあちこちに押しのけられ

いまだに生娘のままで彷徨っているのか
大きく広い世界に入れずに
台所や居間に閉じ込められているのか
あんなに大勢の女学生たちはどこへ行ったのか

＊韓服（ハンボッ）＝韓国の伝統的な衣服。
＊犬の餌の中のどんぐり＝韓国のことわざ。犬はどんぐりを食べないので、周りに溶け込めず仲間はずれにされた者を喩える言葉。（ともに訳注）

III

美しい所

春といっても実は
新たに芽生えたものは何もない
どこか深くて遠い所に行ってきたのだろう
すべてが見慣れた去年のものだ

私たちが毎日小さくもの悲しい炊飯器で
米を研いでいると
ほら、枯れて地に落ちた
あの細い草の葉に
青くて生き生きとした奇跡が戻ってきた

青白かった枯れ木にも
一斉に雪のような桜が咲いた

誰の手に撫でられたのだろう
どこに行ってくれれば、また春になるのだろうか
私も一度そこに行ってみたい

栗物語

私の母は確かに片目が見えなかった
幼い頃の運動会、糸にぶら下がった栗食い競争に出て
栗の実は背の高い子たちが全部取っていき
栗の殻を一つやっと拾って戻った私に
ほら見て、栗の実を拾ってきた！　と叫んだ母は
確かに片目がまったく見えなかった
母の歌はその後も
三十年を超えて続いた
息を引き取る最後のその瞬間までも
今も昔も栗の殻一つを
人の足元からやっと拾ってくる

私の手首を持ち上げながら
ほら見て、うちの子が栗の実を拾ってきた！　と
あちこちに向かって自慢していた

噴水

市役所の前を通りつつ
落下する噴水を見る
力強い鳥の翼
墜落する星たちの描く眩しい一画
ああ、私もそんな詩を書いてみたい
例えば私から声を掛けたとき
海や岩のような
知恵深いものたちがほんの少し声を返してきても
体を震わせて感激したものだが
今日、市役所の前を通りつつ
虚空に落下する噴水を見ている

自然でないものが
人間でもないものが
何かを立てようとする苦痛もなく
思い切り崩れ落ちながら
荘厳に私を立て直す

今夜、私は書ける

ネルーダ*風に

愛、今夜、私は書ける
世界で一番悲しい言葉を
こんな歳になって愛って何？
こんな歳になって未だに愛？
でも愛は歳を見分けられない
恐れることなく私を噛み千切って
私は肯く
十本の指に火をつけて
愛の目と鼻を手探りする
愛をカルビ*のようにかじって食べる
すべての愛に未来はない

だから息が詰まり
だから美しく悲しい
愛、今夜、私は書ける
この世の愛はすべて無罪！

＊カルビ＝韓国語で肋骨を意味する。ここでは韓国料理の種類の一つで、肋骨のところに付いている肉、つまりばら肉料理のこと。（訳注）

人の秋

私の神は私です。この秋の日
私の持ったあらゆる言語で
私が私の神です
星と星の間
あなたと私の間に秋がやってきました
一番初めに神が持って来た剣で
幾度となく切ったので
すべてのものは独りで輝きます
その一つ一つが独りの葉
自由で独りの鳥たち
その葉とその鳥を

言語に移すのが
詩を書くのが、この秋
山を移すほど大変なのです
それ一つで完成です
鳥　星　花　葉　山　衣　飯　家　土　血　身　水　火　夢　島
そして　君　私
すでに一篇の詩です
はじめて私が私の神なのです。この秋の日

マフラー

私が彼女の肩を包んで道に出れば
人々は素敵だと言うけれど
私は彼女の傷を覆う翼なのです
辛い障害を隠す包帯なのです
トネリコのようにいつも堂々とした彼女にも
時にはアラブ女性のチャドルのような
保護膜が必要なのではないでしょうか
初めは保護でも
終わりは監獄
もしかしたらすぐに脱ぎ捨ててもかまわない
上べなのかも知れません

風の吹く日でなくても
私が彼女の肩を包んで道に出れば
人々は素敵だと言うけれど
狂った牡牛の前で揺らめく
闘牛士のマントのように
私は世の中に向かって喧嘩を売る
彼女の旗なのです
思い出のように舞い降りた温かい夕焼けは
忘れ得ぬ、ある体温なのです

栗浦*の記憶

かつて母が私を海に連れて行ったのは
塩分豊かな青い水を見せるためではなかった
海が根こそぎ抜かれて引いていった後に
のたうつ黒い干潟を見せるためだった
そこで危険を顧みずばたつくものたち
息をしながら生きる力を見せたかったのだ
餌をすくい上げるために
人はどうして膝を折るのか
深く腰を屈めねばならないのか

命の生きる所はどうして

あれほど寂しく素肌を見せるのか
かつて母が私を海に連れて行ったのは
あの無為の海潮音を聞かせるためではなかった
水の上に巣を作る鳥たちと
かっ血のような夕焼けを吐き出す入り江を背景に
聖者のように干潟に頭を垂れ
餌をすくい上げる
悲しく敬虔な手を見せるためだった

＊栗浦（ユルポ）＝韓国の全羅南道寶城郡にある海辺の名称。著者の母親の故郷である。（訳注）

土

土の持つものの中で
一番羨ましいのはその名前だ
土　土　土と彼を呼んでみよ
心臓の奥深いところから
涙の臭いが満ち溢れて
つい両目が濡れてくる

土は命の胎盤であり
また帰依する所ということを私は知らない
ただ彼を愛した陶工が昼夜なく
彼を練って月の塊を産んだのを見たことがある

また彼の胸に一握りの種を撒けば
季節になって一俵の穀物が返ってくるのも見た
土の務めなので
農夫はそれを奇跡とは呼ばず
謙虚に農事と呼んだ

しかし土の持つものの中で
私が一番羨ましいのはその名前だ
土　土　土と彼を呼んでみれば
涙腺の奥深いところから
悲しくも美しい命の響きが聞こえてくる
天が井戸を掘り、つるべで
自らを汲みあげる音が聞こえてくる

木の学校

歳に関することは木に学ぶことにした
年ごとに必ず増える歳
単純な足し算はやめて
木のように奥に刻むことにした
常緑樹の間を歩いて
ふと一つの枝が肩を触る時
秋がこっそり黄色い手を載せる時
愛してる！　という彼の声が心臓に突き刺さる時
古い寺院の裏庭で
笑って！　と森を背景に
一瞬を刻む時

木は歳を表に出さない大人であり
幼くてもそのままで青い希望
歳に関することは木に学ぶことにした
だから奥に刻むことにした
何より来年はさらに鬱蒼と茂ることにした

愛すべき理由

私たちが愛し合う理由は
世の川の水を分けて飲み
世の野菜を分けて食べ
同じ日と月の下で
同じ皺を作って生きるからだ
私たちが愛し合う
もう一つの理由は
世の川岸で二人とも
時間の石ころを投げながら泣いているからだ
風に吹かれて転げまわり
互いに得体の知れぬ

葉っぱやスカラベのように
共に散っていくからだ

水を作る女

娘よ、あちこちむやみに小便をするのはおやめなさい
青い木の下に座って静かになさい
美しいお前の体の中の川水が温かいリズムに乗って
土の中に染みる音に耳を傾けてごらん
その音で世の草たちが生い茂って伸び
お前が大地の母になっていくのを

時々、偏見のように頑固な岩に
小便をかけてやりたい時もあろうが
そんな時であるほど
祭祀を行うように静かにスカートをまくり

十五夜のように見事なお前のお尻を大地に軽くつけておやり
そうしてシュルシュルお前の体の中の川水が
温かいリズムに乗って土の中に染みる時
初めてお前と大地が一つになる音を聞いてごらん
青い生命が歓呼する音を聞いてごらん
私の大事な女よ

還り道

近寄るな
目と鼻はすでに還って
最後の痕跡だけが残った石仏一つ
今、まさに完成を企てている
仏を捨てて
再び石になっていく
ある縁の時間が
目と鼻を刻んだ後
ここは千年の麟角寺*の庭
仏の獄は深く神々しい
再び一輪の石に還る

自然の前で
時間はどこにも存在しない
徒に手を合わせるな
完成という言葉も
ただ、はるか遠くに去ってしまえ

＊麟角寺（インガクサ）＝韓国の慶尚北道にある寺。新羅時代の紀元六四三年に元暁大師が創建した。（訳注）

再び裸について

朝、シャワーを浴びながら
裸に言う
もう私に付いて来ないで
私が詩人だからといって
お前まで詩人になってはいけない
昨日、私は一日に三歳も年を取った
急にそうなった
今や百年の古ギツネになった
だから裸よ、お前は一日に三歳ずつ若返りなさい
お前ぐらい何度も私を裏切ったものはなかったが
自分勝手に太り

自分勝手に皺を作り
私の詩が沈黙と競争する間にも
自分勝手に男と会ったりしたが
それでもお前はそのまま裸として生きなさい
机よりベッドで
ケシの花を髪に挿して瑞々しく
私の精粉所よ、　私の礼拝堂よ

テラスの女

最後の矢を放ってしまったようにくぼんだ目で
タバコを吸う長い爪の女
解きほぐしてほったらかした髪
シワになった唇に赤い酒を注ぐ女
容易かった数回の結婚、それより容易かった数回の離婚
でもすべて問題ない
時には寂しいけれどそれもいい
数多くの傷と告白は
何という花と呼ぶのか知らなくてもいい
空しい抱擁、風のように消えた心臓の音
通俗だが

その痛みが積もって人生になる
栴檀草《せんだんぐさ》のようにくっつくのが心配で
すばしこい冗談で避けていく後ろ姿を眺めながら
一人で肩を揺らして笑う
テラスの女
生まれて初めて会ったのだが
どこかでよく見かけた
ありふれたあの女

空港で書く手紙

あなた、一年間私を探さないでください
私、今から結婚のサバティカル休暇に出かけます
あの日、私たち二人、並んで立ち
喜びのときも悲しみのときも共に生きますと
婚姻の誓いを交した後
ここまで上手にやってきました
砂漠にオアシスがあって
いや、オアシスが砂漠を持っていたのでしょうか
とにかく私たちはその中に細くても根を下ろし
育てた枝たちもけっこう茂りました
けれども、一年だけは私を探さないでください

兵士にも休暇があり
労働者にも休息があるでしょう
静かな学者でさえも
リフレッシュのためサバティカル旅行に出るように
今、私が私にサバティカルを与えます
あなた、一年間だけ私を探さないでください
私が私を探して帰ってきますから

成功時代

どうしよう、知らないうちに金持ちになってしまった
大型の冷蔵庫にぎっしり詰まった食べ物
洋服ダンスに掛かった数十着のブランド服
幸せは四方にあふれている
呼べばいつでも駆けつけるジャージャー麵*
右足を軽く載せるだけで走り出す自動車
ハンドルを左右に回すだけで
私は、どこにでも行ける
私は、成功してしまった
もう詩だけを閉業すれば不幸は終わり
詩の代わりに真珠のネックレスを一つ買ってつければオーケー

私の胸に咲いては散る夕焼けと新緑
朝日より清らかな涙
野良猫のようによじ登った孤独、すべてが面倒くさい
詩の破産を宣告して
幸福のベンチャーでも始めようか
そしてあの真っ暗な都市の中へ
黒い弾丸のような車に乗って
狂った勢いで疾走でもしようか

＊ジャージャー麺＝野菜と豚肉をチュンジャン（春醤）と呼ばれる黒味噌に炒めたソースを麺にかけて食べる中華料理の一つ。中国の料理というよりは韓国式に変形した独自の食べ物で、韓国では出前料理の定番である。（訳注）

夫

父でもなく兄でもない
父と兄の間の親等ぐらいになる男
私に眠れないほどの恋が生まれたら
真っ先に相談してみたいと思いつつも
あっ、他はすべて構わないけどこれは駄目だと
寝返りを打ってしまう
この世で一番近くて遠い男
仇のように思う時もあるのだが
地球すべてを歩き回っても
私の産んだ子供たちを一番愛する男は
この男のようで

また今日も夕食を作る
そういえば私と一緒に一番たくさん
食事をした男
戦争をいちばん多く教えてくれた男

軍人のための詩《うた》

あなたたちには分からないでしょう
この地に生まれた女たちは
誰もが一度、軍人を恋人に持つのです
この地の若い男たちは
誰もが軍事境界線に行き
命をそこに任せて一時
兄弟と呼んだ敵に向かって銃を構え
切迫した苦痛と懐かしさを学ぶのです
それでこの地の女たちは
少女の時には軍人に慰労の手紙を書き
乙女になれば部隊に面会に行くのです

その時差の中で時には愛がすれ違うこともあり
中年になったある午後
再び戻れぬ町角で
軍服を脱いだ彼に偶然出会い
互いにどうしようか途方に暮れて
心の中では少し泣いたりもするのです
互いの人生の中に軍事境界線よりもっと錆付いた
ある境界を見つけて悲しむのです
あなたたちには分からないでしょう
この地の女たちは
誰もが一度、軍人を恋人に持つのです

石榴を食べる夜

バリッ！　君の心臓に歯をめり込ませる
歯の隙間から流れる赤くて香ばしい血
私は鏡を見てみたい
愛する人の心臓を食べる女を見てみたい
食べても食べてもひもじくて
魔女のように頭蓋骨までえぐって食べる女
ああ、私の愛よ
一粒一粒の言葉をえぐって食べる
真夜中に起きて君を食べる

IV

娘よ、赦しておくれ

毎週水曜日の正午、ソウル安国洞*の日本大使館前には、白衣を着た元日本軍慰安婦の女性たちが集まる。

娘よ、赦しておくれ
今日、私はこう言わなければならない
無能な国の恥辱と
敵国に向けた怒りで叫び、そして
私は喉を震わして深く泣かなければならない
私は実は民族についてよく知らない
その民族の主体が男であることも知らない
ただ、今日あなたの前に平身低頭して
泣き叫ぶのは
私の回避と私の忘却を再び持ち出して

謝罪するのは
あなたの尊厳とあなたの人格を戦利品として持って行った
日本軍よりももっと深く
私の無知と独善が悲しいからである
沈清*を売り、紅桃*を売って生き残った父と兄
芸妓と戯れ、風流に呆けて
彼女たちを花柳に投げ捨てたこの地の川の水が
恥ずべきだからである
強圧と詐欺で世界に例のない性奴隷集団である
敵国軍隊の従軍慰安婦として送られた私の娘よ
民族よりも、その民族の主体である男の所有物として
傷を負ったいかなる羞恥心よりも
私の娘の尊厳と人格が戦利品として凌辱された
その前に私は跪いて謝罪する。心の底から
赦しておくれ、娘よ

＊安国洞（アングッドン）＝韓国のソウルの鍾路区にある町の名前。
＊沈清（シムチョン）＝韓国の朝鮮時代の小説『沈清伝』の主人公。盲人の父親の目を治すために供養米三百石で身を売り、祭祀の生け贄になって海に身を投げる。韓国では孝行の象徴として長い間口伝えされてきた物語の女性である。
＊紅桃（ホンド）＝韓国の朝鮮時代の短編小説『紅桃』の主人公。父親の反対にも屈せずに愛する男性と結婚し、戦争で苦痛の人生を送りながらも夫や家族に対する信義を守った女性である。（すべて訳注）

椿

地上にはもうこれ以上行き場がなくて
熱い酒に赤い毒を入れて飲み
千尋の崖の上から飛び降りる愛
最も眩しい花は
最も眩しい消滅のもう一つの名前なのだろう

スカート

すでに男たちはそこに
ただならぬものがあることを知っている
スカートの中に確かに何かがあるのだ
そっとしておけば消える月を隠す
熱く吹いてくる竜巻のようなもの
大理石の二つの柱で支えられた神殿に
もしかしたら神が住んでいるのかもしれない
その密かな所から起こる
興亡の秘密を知りたくて
男たちは一生神殿の周りを巡る観光客なのだ
あえて違うと言うなら神の後裔なのかもしれない

それで彼らはしきりに系譜を確認し
後継者を作ろうと努める
スカートの中には確かに何かがある
女たちの隠した海があるのかもしれない
残酷までに美しい干潟があり
夢見る貝が住んでいる海
一度入ったら永遠に死ぬ
虚しい洞窟?
驚くべきは
脱いだ時にその力はより眩しいのである

遠い道

私の靴《シン》の中に神《シン》がいらっしゃる
こんな遠い道を私が歩いて来たなんて
楽な道はどこにもなかった
ただ靴を履いて歩いて来ただけ

初めて歩き方を覚えた日から
地上と私の間には靴があり
一歩一歩ふらふらしながら
ここまで来ただけ

鳥はどれほど軽い靴を履いているのだろうか

風や川はまた、どういう靴を履いているのだろうか

未だに木の根のようには
賢くも丈夫でもない
私の足の住む靴
もう脱いでもいいかな、川岸に座って
あの水の流れのように自由を学べないだろうかと
考えてみる

生とは飛翔を拒む
険しい階段

私は今日、この遠い所に来て初めて
恐しい呼び名、神よ！　を口にしてみる
これほどにひたすら地上を歩きたがる
私の靴の中に神が住んでいらっしゃる

一人だけでは持てないもの

一番美しいものは
手で摑めないように作られた
あちこちに咲き始める
あの木々と花々の間
青く吹き出る微笑みのようなもの

一番大切なものは
一人だけでは持てないように作られた
新しいカレンダーの中の若々しい乙女たち
あなたが口にするのを待つ良い言葉

一番愛しいものは
自ら聳えるように作られた
互いに見詰め合う目の中で
奥ゆかしく昇る星のようなもの

化粧をしながら

唇を赤紫に塗ってみたら
鏡の中に属国の姫が座っている
私の小さな顔は国際資本の角逐の場
巨商たちが創った虚構のドラマが
名実共にその絶頂を成す
狭い領土に万国旗がはためく

今年の秋の流行色はセクシーブラウン
シャネルの示す通りに頰紅を塗り
綺麗な女の神話の中に
自らを閉じ込めてみれば

これくらいで陰謀はかなり完成したわけだ
時々びっくりしながら
自分の中の奴隷を目覚めさせるが
魅惑的な人工の香りと柔らかい色彩が作る
錯覚はすでに抵抗を失って久しい

時間を止めるために肉体には
このように哀しい香りを塗らなければならないのか
必死にエスティ・ローダーのアイライナーで
黒い鉄柵をめぐらして
ディオール一滴を耳元につけて仕上げをし
ついに外出準備を終えた属国の女は
悲劇俳優のようにゆっくりと体を起こす

「うん」

日差しに満ちた真昼
今、僕とやりたい？
あなたから聞かれた時
花のように咲いた私の文字
「うん」

丸い日になってあなたは私の上に浮かび
丸い月になって私はあなたの下に浮かんでいる
この眩しい言語の体位

ひたすらに燃える心臓で

一緒にたどり着いた
神の部屋

あなたと私の造った
美しい完成

日と月
地平線に一緒に浮かんでいる

地上で一番平和で
熱い返事
「うん」

私のしたこと

母から習った言葉で
幾つかの詩を作ったことがあります
けれどもそれは結局
欲望のもう一つの名ではなかったでしょうか
命をかけて子供を生み
面倒を見て育てたこともありますが
それもただ時間がしてくれたことです
生まれてただ歳を取っていくこと
私の財産はそれだけです
それさえ流れる川や
あの自然の一部であるのなら

それなら
私はただ何者でもなくて居たいのです
川の水を迎え入れて
風に耐えて
ただ二本の足で前に向かって歩いて来たこと
私のしたことの中で
それを少し認めてくれるなら別ですが

老いた花

どこに老いた花などあるだろう
花の生涯は束の間である
美しさとは何かを知っている種属の自尊心によって
花はどんな色に咲いても
咲く時、全力を尽くしてしまう
恍惚の、この規則を破った花は未だに一輪もない
血の中に皺と長寿の遺伝子を持たない
花が物を言わないということは
さらに奥が深い
分別の代わりに
香りとは

鳥葬

砂漠で死体を啄ばむ鳥を見てからは
世の鳥すべてが身内に見える
家に帰った後も私の肉と血は
鳥の目のように鋭くて腹黒い
いくら洗っても罪の臭いがする
唇についた血の色の悲しみと
黒い孤独で
詩を書く
肉の塊として生きる限り、影から逃れられない
目玉は不安で震え
翼は傷でとても重い

足跡を残すたびについてくる墓を引きずり
そうだ、行こう！　私の身内らよ
愛しい私の身内の悪魔よ
全身をすり潰し墜落する雨水となって地に落ち
遂に土の歯で嚙み千切られてしまう
私は私の死体を啄ばむ
一羽の追われる黒い鳥なのだ

海のアナーキスト

海の住民たちはアナーキストである
国籍もパスポートも無い
すばやい腰一つで海に生きる

家を丸ごと担いで歩く
貝族も
実は流浪が一生のすべてだ

海の住民たちのイデオロギーは流れること
海という広い住所を持った
動産も不動産も書類なども無い

住家の要らない者たちである
思想や自由は足手まといで
ひたすら軽く振る舞いながら
子孫代々海をそっくり遺産相続している

出典一覧

第一詩集『文貞姫詩集』一九七三年
雪を眺めながら　幽霊

第二詩集『鳥の群れ』一九七五年
鳥の群れ　冬の日記

第三詩集『独りで崩れる鐘の音』一九八四年
他国にて　孤独　宝石の歌　食器を拭きながら　黄眞伊の詩1　手紙　幼い愛へ

第四詩集『ノイバラの花』一九八五年
雨の愛　吸血鬼　ノイバラの花　息子へ

第六詩集『空より遠いところに下がったブランコ』一九八八年
爪　小さな台所の歌　四十歳の詩　別れたその後
第七詩集『星が出ると悲しみも香しい』一九九三年
オッパ　中年女性の歌　私は悪い詩人　さようなら、蝶よ　窓を拭きながら　私の愛は
第八詩集『男のために』一九九六年
草の道　寒渓嶺のための恋歌　一輪の花　男のために　再び男のために
第九詩集『おいで、偽りの愛よ』二〇〇一年
通行税　ラブホテル　髪を洗う女　背の高い男に会えば　紫の夏ズボン　乳房　あんなに大勢の女学生たちはどこへ行ったのか　裸の詩　美しい所　栗物語　噴水　今夜、私は書ける
第十詩集『ケシの花を髪に挿して』二〇〇四年
人の秋　マフラー　栗浦の記憶　土　木の学校　愛すべき理由　水を作る女　還り道　再び裸について　テラスの女　空港で書く手紙　成功時代　夫　軍人のための詩　石榴を食べる夜
娘よ、赦しておくれ　椿　スカート　遠い道　一人だけでは持てないもの

第十一詩集『私は門である』* 二〇〇七年
化粧をしながら　「うん」　私のしたこと

第十二詩集『多産の処女』二〇一〇年
老いた花

第十三詩集『うん』二〇一四年
鳥葬　海のアナーキスト

＊『私は門である』の「門」は韓国語で「ムン」と発音する。ここでは、詩人の姓である「文（ムン）」とかけている。つまり、「私は門である」は「私は文である」に通じ、「文」は詩人の姓であると同時に、文学、文章という意味にもつながっている。

年譜

一九四七年　全羅南道宝城郡で生まれる。
一九六五年　ソウルの進明女子高校在学中、全国高校作文コンテストで優勝を重ねて注目される。韓国の女高生としては史上初の詩集『花の息』を刊行する。
一九六六年　東国大学国文学科に文芸特技生として特別選考入学。
一九六九年　東国大学四年時、「不眠」が〈月刊文学新人賞〉に当選して文壇デビューを果たす。
一九七三年　第一詩集『文貞姫詩集』刊行。
一九七四年　詩劇『蝶の誕生』を明洞芸術劇場で公演。
一九七五年　詩・詩劇集『鳥の群れ』刊行。
一九七六年　第二一回〈現代文学賞〉受賞。
一九八〇年　東国大学大学院卒業。論文「盧天命《ノ・チョンミョン》詩の研究」で修士学位取得。
一九八二年　ニューヨーク大学大学院客員研究生として修学（〜一九八四年）。

一九八四年　詩集『独りで崩れる鐘の音』刊行。
一九八五年　詩集『ノイバラの花』刊行。
一九八六年　長篇詩集『アウネの鳥』、詩劇『トミ』がテアトル・チュで公演され、文芸会館でもアンコール公演される。
一九八七年　詩選集『私たちはなぜ流れるのだろうか』、詩選集『懐かしい私の島』刊行。
一九八八年　詩集『空より遠いところに下がったブランコ』刊行。
一九八九年　詩選集『夢見る眉毛』刊行。
一九九〇年　詩集『私の体の中に住んでいる鳥を取り出してください』刊行。
一九九一年　詩選集『幼い愛へ』（韓国の代表詩人百人選）刊行。
一九九二年　大田エキスポの開幕行事で唱劇『九雲夢』を公演（韓国国立中央劇場製作）。論文「除廷柱の詩に現れた水のイメージ」で博士学位取得（ソウル女子大学大学院）。
一九九三年　詩集『星が出ると悲しみも香しい』刊行。
一九九四年　詩・唱劇集『九雲夢』刊行。
一九九五年　アイオワ大学国際創作プログラム（IWP）に参加。
一九九六年　詩集『男のために』刊行。第十一回〈素月詩文学賞〉受賞。
一九九八年　散文集『サッポーの初恋』刊行。
二〇〇〇年　第十三回〈東国文学賞〉受賞。

二〇〇一年　詩集『おいで、偽りの愛よ』刊行。
二〇〇三年　第一回〈千祥炳詩文学賞〉受賞。
二〇〇四年　英訳詩集『Wind Flower』出版。レバノンに本部を置くNAJI NAAMAN財団の〈ナジナマン文学賞〉を共同受賞。第十五回〈鄭芝溶文学賞〉受賞。詩集『ケシの花を髪に挿して』刊行。マケドニア「テトボ世界詩人フォーラム」(Ditet e Naimit)で、詩「噴水」外三篇が評価され、〈二〇〇四年最優秀作品賞〉を受賞。
二〇〇五年　〈現代仏教文学賞〉受賞。東国大学特別研究教授に任命される（〜現在）。
二〇〇六年　梨花女子高校の開校百二十周年記念として、梨花女子高校の校庭の柳寛順《ユ・グァンスン》銅像に長詩「アウネの鳥」の序詩詩碑を立てる。建国大学招聘教授となる（〜二〇〇七年二月）。
二〇〇七年　詩集『私は門である』刊行。ドイツ語翻訳詩集『Die Mohnblume im Haar（ケシの花を髪に挿して）』出版。アルバニア語翻訳詩集『Song of Arrow（矢の森）』出版。英訳詩集『Woman on the terrace（テラスの女）』刊行。詩集『アウネの鳥』復刊。高麗大学招聘教授（〜二〇〇九年二月）。
二〇〇八年　詩集『ノイバラの花』復刊。韓国芸術評論家協会の〈今年の芸術家賞〉受賞。
二〇〇九年　文貞姫詩選集『今、バラを摘め』刊行。
二〇一〇年　活版詩選集『愛の喜び』刊行。詩集『多産の処女』刊行。スウェーデンのハリー・マーティンソン（Harry Martinson）財団の〈チカダ賞〉受賞。

二〇一一年　韓国の中学一年の国語教科書に、詩〈一輪の花〉が掲載されたのを始め、高校の国語教科書にも、詩「ノイバラの花」、「備忘録」、「冷や飯」、「あんなに大勢の女学生たちはどこへ行ったのか」、「小さな台所の歌」、「冬の日記」などが収録される。

二〇一二年　フランス語翻訳詩集『Celle qui mangeait le riz froid』刊行。フランスのラジオ放送フランス・キュルチュールの読書プログラムが四十分間の文貞姫特集を組む。詩集『カルマの海』刊行。散文集『文学の斧で自分の生を覚醒させよ』刊行。

二〇一三年　フランスで開かれた〈詩人たちの春〉に招待される。第十回〈陸史詩文学賞〉受賞。

二〇一四年　日本の城西国際大学の招待でチカダ賞受賞記念シンポジウムに参加。インドネシア語翻訳詩集『水を作る女』刊行。スペイン語翻訳詩集『Yo soy Moon（私はムンである）』刊行。英訳詩集『I must be the Wind』出版。詩集『うん』刊行。城西国際大学の招待により、アジア女性詩人の座談会に参加し、日本の水田宗子や伊藤比呂美と女性の性と詩表現などに関して対談。その内容は、単行本『生命の尊厳を表現するということ』に収録、出版された。第四十代「韓国詩人協会」会長に選出される（〜現在）。

二〇一五年　文貞姫の詩を主題にした対談集『女の体』出版。

髪を洗う女

文貞姫

大地は花を通して笑うと言う。満開の木蓮を眺めながら、ふと数年前に出会った豊満な女性を思い浮かべた。その時私は、メキシコ中部のマヤ文明遺跡群のあるチチェン・イッツァ（Chichén Itzá）という所をさすらっていた。密林の中に紀元前のピラミッドが散在しているという村の老人の話しだけを信じて車を走らせ、恍惚としてしまうほど美しい風景に出会ったのだった。青黒い森の中に雪のように舞い散る白い蝶の群れの中で、しきりに感嘆の声を上げざるを得なかった。

この思いもよらぬ原始林と白い蝶の群れは、生命に対する恋しさと野性を一瞬のうちに私の中に呼び起こしてしまった。その上、次々と産まれた子供たちを連れて道端に立って手を振っていた健康そうな多産の母親とその子供たちの姿は、素足でいる貧しさなどは問題にならないほど生き生きしていて、そのままが純然たる自然であったので羨ましく眩しかった。

その豊満な女性に出会ったのは、密林の端にある小さな村でのことだった。村に立ち入って真っ先に目についたのは、平和そうに歩き回る豚とガチョウたちだった。子供たちは網ベッドであるハンモックに身を任せて雲を数えながら遊んでいた。その中で彼女は女司祭のような大きな体をして、庭の片隅にある飼葉桶に上体を屈めて髪を洗っていた。

豊かな腰、自然に揺れる乳房、日差しに焼けた肌、かつてこれ以上堂々とした美しい女性に私は出会った事がない。まるで神話の中に出てくる大地母神のようでもあったが、それよりは私たちの昔の母の姿のようで、本当に親しく感じ、自然に見えた。

気軽に声をかけられず、彼女が髪を洗う姿を眺めていたのだが、そのうち私の目からは涙が溢れ出てきた。私は本当に大切な何かを忘れてしまっていた、という自己に対する恥辱感が全身を震わせたのだった。

そのとき私は、物質文明の産物である有名ブランドのブルージーンズをお洒落のつもりではいていたし、偉そうにサングラスをかけてカメラを持っていたのだが、この見かけだけの衣裳を身にまとうために、生命力と自由を失ってしまっていたのではないか。森と人と美しい獣たち、そして石ころまでも顔に太陽を刻んで笑っているこの神聖なユートピアで、私は唇を痛いほど噛み締めたのだった。

公害と環境ホルモンによって、今日格段に減ってしまった精子の数と受精能力の減少数値はともかくも、かろうじて生まれた子供たちが母の乳ではなく乳牛の乳を飲んで育っている現実と、その子供たちの黄色い顔が目に浮かんだ。資本主義の商人が作った天秤と巻き尺に合う体を作るために、あらゆる方法で肉体を抑圧する都会の女たちの厚化粧と、生気のない痩せた姿も目に浮かんだ。どちらが真の文明都市であり、どちらが野蛮なジャングルなのだろうか。

緑の森の代わりの、怪物みたいなアパートの密林の中、凶器とも言える自動車の洪水に押されて私たちがあたふたと暮らす都市は、もしかしたら悲しい奴隷船ではないだろうか。精力のためならばミミズさえも喜んで食べる男たちと、外形の美のために昼夜苦痛を耐える女たちの暮らす社会を、私たちは何と呼べば良いのだろうか。真っ黒な都市の下水道に流されるコンドームと摘出された子宮、堕胎された胎児たちにまで思いが至り、つい全身に悪寒が走った。

大地が花を通して笑っている窓の外をまた眺めてみる。公害と黄砂の中でも相変わらず花を咲かせたあの土に、今日は聖者の如く唇を当てたい。密林の中の彼女のように、飼葉桶に雨水を溜めていつまでも髪を洗いたい。疲れ果てた魂と汚染した土を清く洗い流す以外に、この春、何ができるだろう。この眩しい生命の季節に。

（文貞姫散文集『文学の斧で自分の生を覚醒させよ』より）

独創的錬金術の三つの輝き

李崇源

I

文貞姫の詩的な思考は闊達で、詩語は堂々としている。それは四十年前に詩人としてデビューした時も今もまったく変わっていない。詩人は四十年前にも「新郎よ／あなたと分かち合えない／たったひとしずくの死を／光として撒くために〃私は今／雷になろうとする」（「挽歌」）と歌い、六十歳を越えた今でも「私を詩人と思わないでください／私は文章の売女なの」（「招かれた詩人」）と大胆に叫ぶ。創作活動の底力に関するかぎり、時間は文貞姫の作業を妨げることは出来なかったと言える。一寸の躊躇いもなく突き出すような詩人の詩語は、実は長年の節制と熟練の過程を通して磨かれたものである。詩に深い理解を持った者でなければ、闊達さと勤勉さがぶつかり合う、そうした矛盾の工法は分からない。文貞姫風の個性の結晶体とも言うべき堂々たる創造的努力によって、詩人は韓国の詩に幾つかの先駆的な事例を残した。私はこれから、それらのうち単刀直入に三つだけを明らかにしたい。

2

第一の事実からさっそく述べると、詩人の詩の水脈を貫く動力は「女性的生命観」である。これは非常に重要である。単なる「女性性」でもなく、独立した「生命観」でもなく、女性性と生命観の結合した文貞姫の「女性的生命観」であると私は言いたい。詩人は、女性的生命観を表出することにおいて先駆者であり、それを四十年間、時代の変化に合わせて成長させてきた。女性だから女性的生命観を表したのではないか、女性詩人が女性的生命観を表現するのは当然のことではないか、と考える人がいるかも知れない。しかし次の詩を読んでみれば捉え方が違ってくるだろう。

私は毎晩胴体だけが残る〃舅は私の手を切り取って行き／姑は私の目をえぐり取って行き／小姑は私の言葉を奪い取って行き／夫は私の翼を／そしてまた誰かが私の頭を持って／逃げてしまい／一つずつまたくっつけて幽霊になる〃ゴマの匂いのする／胴体一つだけが残り／私は一晩中死んでいる〃そして朝になると再び立ち上がり／私は一日、幽霊になる／誰なのかも分からない／頭を持って逃げたあの人のせいだ

（「幽霊」部分）

これは詩人の第一詩集『文貞姫詩集』（一九七三）収載の詩である。つまり二十代に書いた

ということになる。その時代に一般の保守的な家庭で舅姑に仕えた普通の嫁なら、こんな一篇の詩を書いただけでも、間違いなく実家へ追い返されただろう。しかし詩人は堂々とこの詩を書いた。その内容は当時、婚家で新婚生活を始めた二十代の女性たちの社会的・実存的条件そのものであった。一九六〇年代から七〇年代半ばにかけての韓国では、いわゆる「女性性」というものは、献身的な母性愛や良妻賢母の従順さとほぼ同一の概念として通用していた。恋慕する男性に切なる恋を打ち明けたのだが、その恋が届かないという絶望を吐露しつつも、母性的な牽引の心構えで自ら苦痛を抱え込むことが、その時代の女性性の情緒であった。ところが文貞姫は、人間の最も基本的で核心的な要素を搾り取られた挙句、幽霊になって彷徨う新婚の女性の姿を見せているのである。「ゴマの匂いのする／胴体一つだけが残り／私は一晩中死んでいる」という詩句では、エロティシズムの境界線と紙一重のところですれ違いつつ、肉体の官能的快楽さえ所詮は存在の空しさに仕える、ということを暴露している。これが、私の理解した文貞姫の詩の女性性である。ではその女性性は生命観とどのように繋がるのだろうか。それは次のように、である。

むしろ草虫や苦菜にでもなればいい／一年経っても咳は一度も聞こえず、関心も持たない畑の畦に／身を絡めて／子供たちだけをぞろぞろぶら下げて∥恥ずかしい昼よりは夜に乗じて／手を伸ばし、あの空の夢を包みながら／近付いてくる秋だけをぐるぐる巻きにした／この無知蒙昧の罪／純潔の生臭さを消して／痩せた身で帰宅し殻竿に打たれる／それも殻竿でただ打つのではない／虚空で一度回して強く殴りつけるのだ／庭にはたくましい秋の子供たちが寝転ぶ／土を治める女が寝転ぶ

（「豆」全行）

この詩の中で「豆」は農村の女性の隠喩である。「子供たちだけをぞろぞろぶら下げ」た「土を治める女」が「豆」そのものである。男は一年に一度来るか来ないかなのに、よくも身を絡めて子供たちだけをぞろぞろ産んだ。しかしこの豆という女も、前の詩「幽霊」の主人公のように、夜になれば「手を伸ばし、あの空の夢を」貪って、その無知蒙昧の罪のために殻竿で打たれ、強く殴り飛ばされるのである。もちろんここにも同時代の女性の経験した社会的・実存的な苦痛が暗示されている。この詩の独創性は、女性の社会的・実存的条件を語ることからさらに一歩進んで、女性的生命観を表したところにある。殻竿が虚空で一度回って殴りつけてくる時、庭にはたくましい秋の子供たちが寝転ぶのだ。女性は社会から疎外され、社会的な条件のせいで苦しむが、そういう厳しい試練を経て、試練の土台の上で新しい生命を産むという自然の理を素直に表現したのである。

さらに「たくましい秋の子供たち」は、次行で「土を治める女」に転換するのだが、眩しいほどに素早いその象徴的飛躍は、文貞姫の先駆的独創性を表している。「子供＝女」の等式が成立するという事実、それを詩で最初に表現した詩人こそが文貞姫である。子供を産むのは女であり、世のすべての子供たちは女の属性を持つ。この等式の創造は文学史的事件である。この創造が一回で終わらず、次のように変形して生成されるので、それは明らかに文学史的事件になるのである。

秋の来る前に／ポポラに行こうか／すべての岩に太陽の顔を刻み／日差しを浴びただけでも血が踊るマヤの女になって／黒い髪を長く結んで垂らし／授かったら果てしなく子供を生んでみようか／豊かな多産の女たちが／緑の密林の中で罪のない千年の大地になる／ポポラに行って／椰子の葉に石をのせてねぐらを構え／私も毎晩どんどん子供をみごもり／毎年ぽんぽん子供を生もう∥黒い下水溝に沿って／コンドームや鑑別されて堕ろされた胎児たちと／摘み出された子宮が群れをなして流されていく／物騒な都市／皆が不吉な武器を隠して揺れている／この巨大な奴隷船を去り／秋の来る前に／ポポラに行こうか／そして一番初めに飼葉桶に雨水を受けて／いつまでもいつまでも髪を洗い／濡れた髪でそのまま／千年の青い自然になろうか

（「髪を洗う女」全行）

ポポラがどこなのか私は知らないが、この詩のメッセージはよく分かる。長い髪を洗う権利を持つのは女で、女だけが子供を産めることを理解する。この詩が収録されたのは第八詩集

『おいで、偽りの愛よ』（二〇〇二）である。五十代の作品だ。生物学的な条件では「授かったら果てしなく子供を生」むことが出来ない時の作品、すなわち、「毎晩どんどん子供をみごもり／毎年ぽんぽん子供を生」むことが出来ない時の作品である。しかしこの詩を通して女性的生命観を共有する人々は理解するのである。「豊かな多産の女たち」こそが、最も純潔な自然の理に従う太初の子供たちであり、「濡れた髪でそのまま／千年の青い自然」を享受する存在であるということを。そのような自然の創造的生命力を持つ者は、人工の奴隷船から抜け出して太初の原始林へ堂々と歩いて行けるのだ。裸の子供になって、あるいは裸の子供に乳を含ませるふっくらと太った乳母になって。そして子供を育てる女性は、成長した自分の子供に次のような女性的生命観を堂々と伝えることができる。その言葉が生きて世界へ広がって初めて、四十年間幽霊として流離った女性の社会的・実存的条件は打破される。非常に強い爆発力を秘めたそのメッセージは、次のように柔らかくて典雅な語調で表されるのである。

娘よ、あちこちむやみに小便をするのはおやめなさい／青い木の下に座って静かになさい／美しいお前の体の中の川水が温かいリズムに乗って／土の中に染みる音に耳を傾けてごらん／その音で世の草たちが生い茂って伸び／お前が大地の母になっていくのを／／時々、偏見のように頑固な岩に／小便をかけてやりたい時もあろうが／そんな時であるほど／祭祀を行うように静かにスカートをまくり／十五夜のように見事なお前のお尻を大地に軽くつけておやり／そうしてシュルシュルお前の体の中の川水が／温かいリズムに乗って土の中に染みる時／初めてお前と大地が一つになる音を聞いてごらん／青い生命が歓呼する音を聞いてごらん／私の大事な女よ

（「水を作る女」全行）

小便と大便を素材にしながら良い詩を書き、男女の性交の場面をもって素敵な詩をものした詩人に、未堂《ミダン》徐《ソ》廷柱《ジョンジュ》（一九一五～二〇〇〇。未堂は号。全羅北道高《コ》敞《チャン》生まれ。中央仏教専門学校を卒業し、一九三六年、詩誌《詩人部落》を発刊して文学活動を始めた。韓国現代詩において最も重要な人物の一人）がいる。未堂の門弟であった文貞姫は、女の放尿する姿とその音を素材に美しい詩を書いた。土に向かって尿をする者は主に男だが、男性が自分の尿の勢いとその音をもって大地的な生命性を形象化した例はない。それは男性的思考の根源的な限界のためである。男は自分の身に生命を宿したこともなく、体内で生命体を育てることもなく、苦痛に堪えながら生命体を出産した経験もない。自分の体の中から分泌される物質で幼い生命体の食欲を満たしたこともない。それ故に、「水を作る女」という美しいタイトルの詩は、詩人の師である未堂にも書けないだろう。

水は生命の根源であり、干涸らびたものを潤す物質である。女は単純に小便を排泄する人間ではなく、大地に命の水を供給する存在でもある。すでに女の体の中には川の水が流れ、その川水は「温かいリズムに乗って」土の中に染み込み、世界に草を生やす。「祭祀を行うように静かにスカートをまくり／十五夜のような見事なお前のお尻を大地に軽くつけておやり」の詩句で女のその部分を「十五夜のような見事なお前のお尻」にたとえたところは実に驚くべきである。美しいお尻から出る川水が、温かいリズムで土の中に染み込んで、大地の母の送る贈り物に、青い生命たちが歓呼する声を聞く。この場面こそ、まさに人間と大地が一体となった瞬間であろう。これは男性が体験できない、女性だけの形質的遺伝にまつわる表現である。男が娘の父になる時、「娘の下半身を見て／神の出てくる道を知る」（「男のために」）という表現よりも、さらに豊かな肉体を擁している。

3

女性だからといって、もちろん女性詩人がすべてこのような詩が書けるわけではない。女性的生命観を独創的な言語で作り出してこそ、初めて文学史における重要な出来事として位置づけられるのである。そのため私は、詩人の独創的な表現能力について述べなくてはならない。詩人の表現の独創性も、女性的生命観と緊密に繋がっている。両者は実は表と裏の関係であり、顔の正面と側面をなすとも言える。男性中心社会の型にはまった認識方法から脱して女性の独自性を表そうとする時、月並みな因習を打破する反語法が選択される。繊細で大胆な想像の転換が行われるのである。

一度も表に出さなかった悲しみ／ついに一言も口にせずに去る／最後の日差しに震えている／運命よりさらに恐ろしいこの肉を引きずって〳〵たった一度の自由のため／頭に植えた角、古木のようにそのままへたり込ませて／見えない血のクモの巣にかかった／黒人オルフェのように去る／どうするすべもない／目から落ちる黄色の火の玉／あの天の神もこれ一つだけは／許して下さるだろう／実はすでに大人しく夢に入り／がたがたと骨だけでひたすら歩き／一度行ったら二度と戻って来れない所へと／去る牛よ！　牛よ！／ここでの私はいかなる姿なのか

（「牛」全行）

これは第二詩集『鳥の群れ』（一九七五）に掲載された詩である。詩人の二十代の作品だが、この詩の話者は中性的で、語調は牛の動きのように節度があり寡黙である。「一度も表に出さなかった悲しみ／ついに一言も口にせずに去る」のような詩行は、二十代の女性詩人にはなかなか表現しがたい、かつてない節制の表現である。「運命よりさらに恐ろしいこの肉」の詩行は、牛の運命を集約的に表している。「この肉」がなければ、牛が自分の自然寿命以前に命を奪われることはなかっただろう。一生悲しみを表さなかった牛で、いかなる素振りも見せず、最後まで一言も口にせずに死に臨もうとするが、やはり最後の瞬間には日差しに肉が震えるほどの恐怖の時間がやって来る。運命の尽きる時、牛も最後の涙を流す。しかしその描写も決して感傷的ではない。「目から落ちる黄色の火の玉」としばらく感情を表に出したかと思うと、

いつの間にか感情を収めて「あの天の神もこれ一つだけは／許して下さるだろう」とまとめる。「運命よりさらに恐ろしいこの肉」という表現を通して、この牛の属性をよく表しているように、「がたがたと骨だけでひたすら歩き」という表現も、牛の最後の姿の悲劇性をよく表している。農耕で骨を太くしつつ年をとった牛の、歩いてゆく姿が目に見えるようだ。死の世界へと苦しげに歩いてゆく牛の姿を見せながら、急に視線をそらして「ここでの私はいかなる姿なのか」と逆に牛に問いかけている。この問いは瞬間的に、牛を話者の姿に変化させてもいる。この詩行一つで詩全体に大きな変化が起こるのである。運命より恐ろしい肉を引きずって、がたがたと骨だけでひたすら歩いていたのは、牛ではなく話者自身だったのだ。詩人は牛を通して自分の姿を見たのだが、二十代の女性詩人が自分の姿を、屠殺場に引かれていく角の付いた牛と重ね合わせた部分に、反語的な表現の先取的独創性がある。文貞姫独特のこうした反語法は、日進月歩成熟して、次のような非常に暢達な語法を創り出し、この詩に接した多くの者を驚嘆させたのである。

世の男たちは柱一つを／立たせるために生きている／もっと丈夫で／もっと堂々と／時代と夜を突き刺す柱／それで彼らは犬の肉を噛み千切って食べ／海狗腎*を煮込んで食べ／山参を探しに／毎日慌てふためきながら／赤い目を煌かす//ところで剛直な柱を切り取って／千年を獲た男がいる／柱から解放されてやっと／男になった男がいる//柱では消すことのできな

い／自分の目の中の炎を／千年の歴史につけた放火犯がいる〃引き潮のように空虚な言葉が／すべて抜けていった後でも／ひたすら生きている彼の声／砂のように時間の鱗がさらわれていった所に／大きく押された彼の足跡を見る〃千年後の一人の女を／夜遅くまで眠らせない／素敵な男がここにいる

（「恋する司馬遷、あなたへ」全行）

＊海狗腎＝薬剤としてのオットセイの陰茎や睾丸を指す韓医学・中国医学用語。（訳注）

この詩を書いたために、「私は悪い詩人」という詩を通じて、自分は民衆や歴史から目を逸らしてきた、また中世の腐敗貴族の残した美しい遺跡に惑わされてきた「悪い詩人」であると告白しても、誰も詩人を無視できなくなった。盲目の耽溺に見える浪漫的唯美主義の根本に、生の極点から真実を選んだ者を仰ぎ敬うまっすぐな人間観が息づいているからである。この作品の生命力は、柱の持つ二重の意味に関する創造的転換にある。世間の俗流である男性が、男根という柱を硬く立たせるために色々なことを騒がしくしているのに、二千年前の真の男であった司馬遷は、自分の柱を失った状態にもかかわらず、歴史の柱を立てる作業を黙々と実行していた。「柱から解放されてやっと／男になった男」を文貞姫は歴史のページから見つけ出したわけである。このような文貞姫の新しい発見と解釈によって、世間の男たちも「もっと丈夫で／もっと堂々と／時代と夜を突き刺す柱」が一体何か、あらためて気づくのである。この詩の教訓的な効果を深く吟味すべきだろう。
詩人の反語的な妙味が十分に発揮されているのは、何と言っても恋歌風の作品である。詩人の恋愛詩は、粘着力のある詩語と反語的な表現がもたらす恍惚の妙味によって、前代未聞の美感を醸し出す。詩人の表現美学の創造した恍惚で悲劇的な唯美主義の官能は、次の詩の中に美しく溶け込んでいる。

真冬に、忘れ得ぬ人と／寒渓嶺を越えつつ／思いもしなかった大雪に出遭いたい／ニュースは争って数十年ぶりの豊饒を知らせ／自動車は蛇行して／各々の目的地を探しに行こうと騒がしいのだが／寒渓嶺の限界には勝てない振りをして喜んで縛られたい〃ああ、まばゆい孤立／四方一面、白いものだらけの童話の国に／足だけでなく運命も縛られたなら〃やがて日が暮れると豊饒は／少しずつ恐怖に変わり、現実は／恐れの色を帯び始めるのだが／ヘリコプターが現われた時にも／私は決して手を振るまい／ヘリコプターが雪の中に閉じこめられた野鳥たちと／獣たちのために満遍なく餌を撒く時にも……〃ぴんぴんした若い心臓に向かって／黒い砲弾を乱射したヘリコプターが／キバノロやキジたちの日用の糧のために／慈悲深く満遍なく餌を撒く時にも／私は決して裾を見せまい〃美しい寒渓嶺に喜んで縛られ／生まれて初めての刹那の祝福に身の置き場がない

（「寒渓嶺のための恋歌」全行）

大雪に遭遇して人々がわめき車は大騒ぎしても、「私」は愛する人と潜んでその「まばゆい孤立」を予感し、「寒渓嶺の限界には勝てない振りをして喜んで」足が縛られるという思いをしている。この反語的な言葉の駆使は、まさに驚嘆に値する。越えてはいけない境界を、寒渓嶺での孤立のおかげで憚らなくなった瞬間の、その胸騒ぎと震えと喜びが、この詩句に密やかに含蓄されている。さらに言えば、大雨で外部との連絡が殺伐と途絶えたわけではなく、童話の白雪の世界に埋もれたということなので、これはまさに祝福ともいえよう。このような恋への耽溺において、死の恐怖や現実的な条件に対する恐れが入り込む余地はない。たとえこの恍惚感が、極めて短い快楽の極点において終結するとしても、詩人は決して世間に向かって手を振ったり裾を見せたりせず、「生まれて初めての刹那の祝福に身の置き場がない」と詠っている。人は皆、刹那の香りに永遠に留まりたがるが、可変的な世界の悪魔性はそれを許してはくれない。だからこそほんの一瞬だけでも、全身を激しく揺さぶる愛の恍惚感に浸りたがるのである。もしその後、前よりもっと残酷な災いの時間が訪れるとしても、瞬間の恍惚境に耽溺したがるのが浪漫的唯美主義者の姿である。このような愛を求め、それを詩に詠っているので、詩人の恋愛詩には「残酷な消耗」、「残酷な上昇と没落」、「千尋の断崖から落ちる恍惚の没落」などという詩句が頻繁に出てくる。それほど詩人の思う愛は悲劇的なのだが、その悲劇的な愛は大変な熱気と高次元の純度を伴っている。熱くて純粋で深い愛でなければ、それが残酷な消耗や恍惚な没落に繋がることはない。快適な安着、気楽な居住に繋がる愛は、悲劇的ではないにせよ、真実の愛という感じは与えないのである。

4

文貞姫の詩において第三の独創的な輝きは、実存的自我である。詩人の恋愛詩の表現美学や女性的生命観は、詩人の持っている人間としての自己存在性と緊密に繋がっている。「私は誰なのか」という問いから詩作の直径と円周が成り立っている。詩人は初期の詩から自分の存在を敏感に意識しながらも、平凡な自意識の次元を超えて女性という社会的・実存的条件を土台とした自己確認に転移していった。また、女性的存在性は女性的生命観に発展する一方、実存的自我としても成長した。自分を「胴体だけが残った幽霊」として認識したり、冥府に向かって黙々と歩く牛に「ここでの私はいかなる姿なのか」と尋ねたりするその唐突さこそ、実存的自我が垣間見られる糸口なのである。

若さという情熱が薄れて母の歳になった詩人が、土に還る母のことを「あなたは良い落ち葉でした」(「手紙」)と淡々と詠う時、その実存的自我は、文貞姫個人の垣根を超えて女性の普遍的自我に転移していることが理解できる。さらに、耳順を目前に控えた歳になったある日、ふと鏡に映った自分の裸を見て「私の精粉所よ、私の礼拝堂よ」(「再び裸について」)と詠う時、意味の振幅がひと際広いその発言は、女性の身体を持つすべての存在に向かって自我確認の福音を宣べ伝える、女司祭の肉声を思い浮かばせる。どんなに時が流れても女性の身体は穀物をついて挽き、食べられる形にする粉屋であり、未来を備えて魂を清める礼拝堂であり続けてほしいという切なる願望の表現でもある。他の詩人からは滅多に見られない女性としての実存的自我が自然の肉体に出逢い、神秘的な霊性を持ち得る時、次のような静かでありながらも敢然とした言語が創造されるのである。

私の神は私です。この秋の日／私の持ったあらゆる言葉で／私が私の神です／星と星の間／あなたと私の間に秋がやってきました／一番初めに神が持って来た剣で／幾度となく切ったので／すべてのものは独りで輝きます／その一つ一つが独りの葉／自由で独りの鳥たち／その葉とその鳥を／言葉に移すのが／詩を書くのが、この秋／山を移すほど大変なのです／それ一つで完成です／鳥　星　花　葉　山　衣　飯　家　土　血　身　水　火　夢　島／そして　君　私／すでに一篇の詩です／はじめて私が私の神なのです。この秋の日

（「人の秋」全行）

私とあなた、命あるものであれ、無いものであれ、私たちの対象化できるすべてのものは独立した個別的な存在者であり、星であり、詩であり、神であるという認識。詩人はそこに辿り着いたのである。自由でありながら独りぼっちでもあるこのすべての個別的な存在そのものが、

私たちが立ちあがって迎えるべき、固有の価値を持つ一篇の詩であるということ。それ故に詩人は、自然を詠って人間の事情を詩で綴ることが、いかに自己中心的で虚しいことなのか、ひしひしと感じるのである。あらゆる自我が一つに完成するのなら、あなた・私・花・月・星・水が既に一篇の詩であり神であるのなら、そこで文学としての詩は終結されるのかも知れない。今や目も鼻も切り捨てて、時間の跡まで消して「一輪の石に還る」（「還り道」）という完全な「無」の封印の前で、文学としての詩は本当に危うい状態に置かれてしまう。

　早くから見せていた文貞姫の文学的独創性が、詩人の詩をこのような崖っぷちにまで追い込んできたのである。それはひとえに自分の選んだ道程であるので、私たちには詩人を助けるすべがない。この難局をどう乗り越えるのか。「私は門である」という宣言的独白だけではこの難局の活路は開かないだろう。女性的生命観、独創的表現美学、実存的自我などを総動員して、文学史において新たなイシューを立ち上げることが詩人のこれからの役目であろう。詩人も既に六十の坂を越えたのではないか。一人で如何にしてそれを成し遂げるのだろうか。詩人は今までの四十年間、闊達で堂々たる思考や言語で詠い続けてきたので、この先もそうであるだろう。今までと同じく、誰かに道を教えてもらわなくとも、「自由で孤独」な自分の道を切り開いてゆくだろう。私はそう信じている。T・S・エリオット*の表現を借りれば、「未来の時間はまた過去の時間の中に含まれる（Time future contained in time past.—Four Quartets)」のであるから。

＊Ｔ・Ｓ・エリオット（Thomas Stearns Eliot、一八八八〜一九六五）＝イギリスの詩人、劇作家、文芸批評家。〈訳注〉

（文貞姫詩集『今、バラを摘め』解説）

李崇源（イ・スンウォン）

一九五五年、ソウル生まれ。文芸批評家。ソウル大学国語教育学科を卒業し、同大学院国語国文学科で修士及び博士号を取得。著書には『韓国詩文学の批評的探究』、『抒情詩の力と美しさ』、『鄭芝溶の詩の深層的探究』、『感性の波紋』、『世俗の聖殿』、『白石に会う』など多数がある。〈詩と詩学賞〉、〈金達鎮文学賞〉、〈片雲文学賞〉、〈金煥泰評論文学賞〉、〈現代仏教文学賞〉などを受賞した。現在、ソウル女子大学国語国文学科教授。

訳者の言葉

韓成禮

文貞姫は戦後の韓国女性詩において、もっとも先駆的な役割を果たしてきた詩人である。

彼女は、人の身体に関する道徳的観念を否定し、大胆な文体を用いて「女性的生命意識」に基づいた独創的世界と、「女性の実存的・社会的自我意識」を詩に具現化・形象化する作業を展開してきた。彼女は、韓国でまだフェミニズムという言葉さえなかった一九七〇年代初めに、独自的な体験と自覚だけで、ありのままの堂々とした女性の本質を表現し、韓国女性詩のそれまでの歴史を覆した。韓国においては、ジェンダー問題に直接アプローチした初めての詩人と言えるだろう。さらに彼女は、自分の詩をジェンダーやフェミニズムに限定せず、生命意識と結びつけた女性性として表現し、世界に発信してきた。男性中心、西欧中心の価値観は、世界、環境、そして人間の精神を荒廃させており、それを女性の柔らかな力で生き返らさなくてはならず、人間と自然、人間同士の間で交流を深めなければならない。そうした世界観が文貞姫独自のかたちで表現される。伝統の型にはまった女性の体、資本によって支配された体、エロス的な体、子供を生んだ生産者としての女性の体など、様々な角度から女性という存在を明るみに出してきたのである。

また文貞姫は、韓国での女性詩の言語を、それ以前とは違うレベルに推し進めた旗手でもある。彼女以前の女性詩には、いわゆる「女性的な」語法しか用いられなかった。文貞姫は、それらを男女共通の「人間の語法」に変化させ、「野生の言語」、さらには「狼の言語」と言われるまでに発展させた。それまで女性は、男性に「飼いならされて」天使になるしかない存在だったのだが、文貞姫は、すべての女性がその内に狂気に満ちた人格、つまり「狂女」を抱えていると宣言する。さらに男性と女性の位置と存在を同格と見つつも、女性固有のアイデンティティーを追求するのである。

感覚的な言語で存在することの苦痛や悲しみを描いた初期詩篇を経て、女性や自由人にとって受け入れがたい偽りの現実を叱咤する明快な発言を綴るようになっても、彼女の詩は言語芸術としての範疇を脱していない。そして詩に対する厳格さを守りながら、文壇の流行に惑わされず、一貫性のある道を歩んできた。その点が詩人の文学的人生の神髄と言える側面である。

彼女は、韓国で現在、多くの一般人にも人気のある詩人の一人である。その詩は、韓国大法院（最高裁判所）の最高裁判官就任式で、ある女性の最高裁判官のスピーチで引用され、大きな話題となった。それぐらい文貞姫の詩は、文壇の内外で非常によく読まれているのだ。

高校時代に早くも第一詩集を出版し、全国高校作文コンテストで優勝を重ねたほど、早くからその文学的才能を発揮していた彼女は、その後も数十冊の詩集を出版しながら詩という一つの道だけを歩んできた。その人生は詩なくしては語ることができないだろう。詩人の創作の原動力は、詩を通して噴出する情念と意思、最高の言語に到達しようとする美学的情熱から生まれ出ているように思われる。

韓成禮（ハン・ソンレ）
一九五五年、韓国全羅北道井邑生まれ。世宗大学日語日文学科卒業。同大学政策科学大学院国際地域学科日本専攻修士卒業。一九八六年、「詩と意識」新人賞受賞で文壇デビュー。一九九四年、許蘭雪軒文学賞、二〇〇九年、詩と創造特別賞（日本）受賞。詩集に『実験室の美人』『柿色のチマ裾の空は』『光のドラマ』などがある。鄭浩承詩集『ソウルのイエス』、朴柱澤詩集『時間の瞳孔』、金基澤詩集『針穴の中の嵐』ほか、多数の日本語翻訳詩集と、辻井喬『彷徨の季節の中で』、村上龍『限りなく透明に近いブルー』、宮沢賢治『銀河鉄道の夜』、丸山健二『月に泣く』、東野圭吾『白銀ジャック』ほか、多数の韓国語翻訳書がある。現在、世宗サイバー大学兼任教授。

本書は韓国文学翻訳院の助成を受けた。

今《いま》、バラを摘《つ》め　文貞姫《ムン・ジョンヒ》詩集《ししゅう》

韓国現代詩人シリーズ④

著者
文貞姫《ムン・ジョンヒ》
訳者
韓成禮《ハン・ソンレ》
発行者
小田久郎
発行所
株式会社　思潮社
〒一六二―〇八四二　東京都新宿区市谷砂土原町三―十五
電話〇三（三二六七）八一五三（営業）・八一四一（編集）
FAX〇三（三二六七）八一四二
印刷・製本所
三報社印刷株式会社
発行日
二〇一六年三月十日